그만큼 여기

조용의 作, <유종화>

그만큼 여기

유종화 시집

2025

새로운눈®^^

시인의 말

신경림 시집 『농무』를 읽었다
김민기 노래 「친구」를 들었다
그 후로 시와 노래에 관심을 두고 살았다
그것뿐이다

2025년 3월
유종화

차 례

2024

2024

2025

1994

2024

1994년 이후, 30년 만에 다시 시를 쓴다

쩍!

좋은 노래는
끝으로 갈수록
첫 소절 입김이었

다

아나

　새지곡백화점약국에 가니 파김치 냄새가 난다 환갑 넘
은 딸이 노모가 드시고 싶어 한다는 김치를 담갔다고 했
다 아나, 어릴 적 엄니가 내 입에 넣어주던 한 가닥
　나도 먹고 싶다

　아나

　아—

당신

오른쪽이 내장산이야

근데 왼쪽도 내장산이야

그 줄기거든

도곳대춤

인생을 몰라도 산다
춤을 몰라도 춘다

꽂아놓은 도곳대 처음처럼
형식도 리듬도 춤도 너에게서
나온다 인생을 몰라도
움직인다 몰라도

아무것도 아닌 것처럼
떠듬떠듬 꽉 찬 춤
철 따라 흘러가듯
듬성듬성 꽉 찬 인생

내 님의 말씀은

*도곳대춤 : 보릿대춤이라고도 함

선물

술안주로 과자부스러기를 샀는데
친구가 술만 먹고 갔다
주말 내내 과자 하나씩 헐어 먹으며
친구가 주고 간 선물이라고 생각했다

돌이켜 생각해 보면
내가 그에게 준 것 모두가
결국은 나에게 준 것이나 마찬가지인 듯도 해서

아파하고 오래 그리워하다 돌이켜 보면
여기부터 저기까지 하늘도
정읍에서 산내까지 구절초들도
다 내가 나에게 준 선물 같아서

그래서 내 마음이 네 마음*이라는 말이 있었나
네가 주고 간 선물이란 말이
저절로 콧노래가 된다 이 아침엔

*오심즉여심(吾心即汝心)

우우

누가 나에게
넌 '우우'를 잘하는 놈이야, 라고 말한다

이 사람 저 사람을 연결하여 한 판 만드는 일을 잘한
다는 말인데
잘 되면 좋고 안 되면 조금 심란한
어찌 생각하면 무책임하다는 말일 수도 있는
그 말

붉은 꽃무릇
무더기 무더기인

'우우'의 말뜻은 말야
함께 가는 거기부터가
선물 같은 생의 길이라는 거야

문어짬뽕을 먹다가

상하이짬뽕집 문어짬뽕도 씹어대던 어금니 임플란트가
어이없이 껌을 씹다가 빠졌다 막상 빠진 이를 보니 참
작다 그런 데도 세상이 종일 허전하다 모든 생은 약점
위에서 빛난다

깨끗한 어둠

깨끗한 어둠은
오히려 어둠을 비춘다
산 능선을 비추고
꼿꼿한 나무의 허리
드러낸다 은은한 들판을

그리움의 윤곽도
저기- 그대로 두어
달빛 빛나게 한다

이십 년 병 앓이를 하며 매일 보던 칠보산(七寶山) 능선
깨끗한 어둠을 품고
날 보고 있었으니

먼저 가신 임의 사랑 같다
어둠조차 깨끗하게 드러내시는

풍경

멀리 떠났다가도
이맘쯤 오면
집에 다 왔구나 싶은 풍경이 있다

특별히 무슨 산이 보이고
들이 보이는 것도 아닌데
하늘조차 낯익은
내 숨소리조차 편안한

멀리 떠났다가 돌아오는 생각이
허밍처럼 모퉁이 돌 듯
첫사랑 기억하듯
그 풍경을 지나 내 갈 곳은 하나, 나의 집

어느 지점에선
시가 노래가 되는

그 족발집

제 관심만 본다고 하잖아요

그 족발집
그 길을 가끔씩 지나니
백 번은 넘게 봤을 건데
술집을 고를 땐 늘 빠졌어요
손바닥만 한 동네를 뱅뱅 돌면서도
빠져 있었는데
오늘은 그 집만
문 열었어요

자주 보면서도 늘 빠져 있던 것
세상은 엄청 넓지만
사는 내내 제 관심만 볼 것 같아요

어쩌면 난 그렇게
벗들을 봤을 거예요

겨울비 맞는 단풍나무를 보며

그 집 단풍나무는
해마다 일부만 낙엽 지고
대부분이 그냥 오그라들었다
그러다 겨울비가 장맛비처럼 내리면
오그라든 잎사귀 물을 머금고
펼쳐져 늘어졌는데 참 특별했다
이쁘다고도 할 수 없고 밉다고도 할 수 없는
한겨울 곁에 핀 퇴색 단풍나무
그 빛을 볼 때마다 덜컥
내가 모르는 세상이 있구나 생각하곤 했다
누구의 잘못도 없이
붉음 어디쯤에서
자기를 잃어버린 삶처럼

우린 아주 조금만 본다

헤어지는 그 순간까지
당신은 온몸으로 모든 걸 말하셨지요

난 꽃 같은 입술만 보고

말 하나의
빛과 그림자
헤아릴 동안

당신은 모든 걸
시시콜콜 전부 말하며
찬란한 봄 오고
유치한 봄 갔지요

난 꽃 지는 말만 보고
또 서러워하는 동안

사랑

어느날 어머니가
권태야 권태야 하고 불렀다
낯설었다

병명도 없이 앓고 있는 아들을 위해 받아온 이름 어머
니는 그 이름을 부르면 병이 나을 것이라고 확신했다 길
이 없는 사람은 진위를 의심하지 않고 길을 믿는다 정말
깨끗한 믿음 권태야 권태야 아들이 싫어하는 기색을 알
지만 어머니는 틈만 나면 주문처럼 외우시기도 했다

요즈음 가끔 권태야 권태야 하는 소리가 들리는데
이명(耳鳴)이어도 좋다 어머니께 사랑받고 있나 보다
하며
하늘을 본다

한몸

통증이 상반신을 돌아다니는 원인불명의 병을 일 년쯤
앓다가
견디다가

아ㅡ, 이 정도로는 죽지 않는구나
깨달았다

통증도 한몸이다

공황장애

코앞이어도 못 간다

피란 온 어르신 돌아가시기 며칠 전 주먹밥 여섯 개를
부탁했다 오십 년 전 엄마가 싸 준 주먹밥 여섯 개, 그
거 먹고 여기까지 왔어 여기까지 왔는데 철조망에 막혀
갈 수가 없다니, 바로 코앞인데도

옛 얘기인 줄 알았다
터널을 지날 때마다 지진 난 듯
아득해져서 약을 삼켜도 정신줄 놓쳐
건널 수 없는 저쪽

이십 년 만에 코앞 건넜다
나, 서산 왔다

얼굴

공황장애로 갑자기 숨이 안 쉬어질 때는
급히 방문 틈으로 코를 내밀고
또 급히 아, 나는 살았다 생각했는데

어느 순간부턴
손녀의 고 고 얼굴이
할아버진 나만 좋아해 하며 짱짱한 개망초꽃님으로 오
시고
아, 나는 살아 있다

고통도 데리고 살 수 있는
얼굴이 오셨다

안 좋은 집

19평 집 온 손녀가
할아버지 집은 안 좋아 한다
왜? 하고 물으니

음–, 음–
장난감이 하나도 없잖아 했다

대저 좋은 시(詩)란!

잠에서 깨자마자 여태 앓았다 8시간째다 하루 적으면
3시간 많으면 10시간 통증이 돌아다닌다 벌써 15년째다
상반신에 오는 통증이다 허리 위 목 아래 다행히 머리는
안 아프다 병원에서 섬유근육통(纖維筋肉痛)이라고 했다
이게 병명인 줄 알았다 나중에 알고 보니 통증은 있는데
병명을 모를 때 이 말을 쓴단다 그래서 내가 직접 원인
을 분석하고 병명을 지었다

　— 미분출사리과적재증후군
　　(未噴出舍利過積載症候群)

오후 두시 반이다 이제 좀 통증이 잦아든다
아침 먹어야겠다

파랑

당신 떠나고 이십 년 되었을 즈음

아빠, 이젠 우리 걱정 마시고
좋은 여자도 만나세요 했다

그날 하루종일 새파란 하늘 그렁그렁했다 그렁그렁했
다 그렁그렁―

가까이
아득하게

김제

조운 시조 「금만경들」에
"눈이 모자라 못 보겠다"라는 표현이 있는데

어린 시절, 자전거 타고 마을을 벗어나는 동안
적으면 다섯 번 많으면 열 번 이상
자전거에서 내려 동네 어르신들에 공손히 절하고
이젠 달리자 페달 힘차게 밟아도

끝이 없는 논 가운데
아버지 한가운데

예순일곱 살

칠공주 집 아버지는 누이들을 위해 마루 채양 위로 포
도나무를 올리셨지 그 여신(女神)들 마루에서
  포도송일 따먹으라고

  그 마음 다 사시고
  예순일곱까지
  나도 살아서 본다

  채양 위로 쏟아지는 햇살들
  단맛 든다

쇠아치*

아버지도 쇠아치
나도 쇠아치
내 아들도 쇠아치

그래도 나는 선생 노릇 하느라 조금 나아졌지만

하늘도 쇠아치
저 산도 쇠아치
나도 여전히 쇠아치

차암—
저 꽃도 말 없다

*쇠아치 : 말수가 적은 사람. 김제 지역 방언

빈 들판에서

텅 빈 들판을 보면

미안하다

왜 나는 떠나간 것들 빈 자리로

12월 습자지 같은 얇은 햇살 받으며

기어이 가득하지 못했을까

기약(期約) 없어도

빈 채로 한가득이었을걸

천국

아버지 돌아가시고 시골집 팔아
김제 시내 아파트로 이사 가신
어머니 말씀
여기가 천국이다야 풀이 안 난다야

미스 고

어머니는
날마다 '미스 고' 노래만 했다
경로당에서도 미스 고 할머니다
평생 풀 맬 때도
관광버스에서도
미스 고였는데

어느 날 뜬금없이
나는 세상 헛살았다며 말씀하셨다
세상에 나훈아보다 조용필이 더 노래를 잘한다고 하더라
그것도 모르고 세상 헛살았어야

그러면서도
미스 고였다

*미스 고 : 이태호가 부른 노래

하늘이 높은 것은

어느 날 내가 죽는다고 생각하니
걸릴 게 하나도 없어서 마음이 편안했다

마누라
아버지
어머니
장인어른
장모
다 보냈다

하늘이 높은 까닭은
땅 위가 편하라고 그랬다는 걸
나처럼 철없는 놈도 맘 편하라는 것을
뒤늦게 알았다

개울물은 많으나 적으나 흘렀고
나도 그만큼 그만큼 여기다

먼 곳을 볼 땐가 보다

친구가 얼굴이 반쪽이 되어
형제간 문제로 생각도 몸도 꽁꽁
묶여버렸다는 이야길 했다

위로랍시고 부모님 돌아가시면 그 업식(業識)이
자식들 관계로 다 드러난다는데
어쩌겠냐 견뎌야지 말했는데
소식 없는 오랜 기간
형제 형제라는 말이 맴돈다

이상하게 먼 곳을 보게 된다
왜 그럴까 의미를 찾아보려고 하면
더 먼 곳으로 눈길 간다

적막하다

귀뚜라미 울음
딱 두 마디다
고요하다, 베란다의 육체는

문득 어느 무명의 재즈기타리스트가 죽기 전
마지막 있는 힘을 다해 퉁겼다는
그 두 마디

재즈는 영가(靈歌)가 되고

고요, 숨쉰다
어느 날 나처럼

구절초

지나가면 끝이야

이 들판 가득 살고 있는
지금 같아서

서설(瑞雪)

눈썹 같은 나뭇가지 하나 위로 마악 눈 앉으니
세상이 환해서
당신 오신 줄 압니다

겨울, 깊다

아주 작게 댕가랑– 소리다

가끔 들르는

길고양이

그 풍경 포르말린 냄새처럼 그려진다

백화점

인구 11만 정읍에 오래전에 은근슬쩍 들어선 유일한
백화점 이름이 송산(松山)백화점입니다

농으로 한 이십 년 백화점 백화점 했더니
남들도 그냥 백화점인 줄 알고
서울 사는 詩人들도
촌놈처럼 깜빡 속는데요

본래 이름은 송산슈퍼백화점입니다

백창우

공연 끝나고 내 집으로 왔다
이불 내주니 그냥 잠들었다
아침, 나는 학교 출근하고 돌아오니 아직 자고 있다
다음날도 퇴근하고 오니 또 자고 있었다
나흘째 저녁 돌아오니
몸만 쏙 빠져 갔다

겨울잠이란 다 살아낸 끝과 약속되지 않은 시작이 붙
어있는 정중동이려니 생각만 했는데
삼 일 드러누워 허리가 아파보니
겨울잠이란 죽음과 부활이다

공연 끝나고
죽을 수도 있었는데
부활한 것이다, 창우는

강경식당의 힘

이리 중앙시장 삼남극장 앞 길 건너 건물 지하에 강경식당이 있었는데 어느 날부터 우리들 술자리에 새로운 안줏거리가 올라왔다 강태형이는 《서울신문》 신춘문예에 당선되었었는데 안도현이는 떨어졌다더라. 정영길이는 시도 되고 소설도 뽑혔다더라. 백학기는 『현대문학』의 추천을 받았다더라 열받은 안도현이는 다음해 「서울로 가는 전봉준」으로 《동아일보》에 당선되었고 아예 고운기랑 누구랑 끌어들여 '시힘'이란 동인을 만들었다더라 또 이진영이도 「수렵도」로 《서울신문》에 당선되었다더라 그 뒤로도 김영춘은 『실천문학』으로 유강희는 《서울신문》 신춘문예로 원재훈은 『세계의 문학』으로 이용범은 『소설문학』으로 이정하는 《매일신문》 신춘문예로 시인이 되었다더라는 안주였는데 내가 낄 자리가 아니라는 생각이 들었다

난 그 강경식당을 졸업하고 목포로 가 국어 선생이 되었고 그런 안줏거리도 없는 북항 선창가 선술집에서 남들보다 조금 늦게 어색하게 웃는 사람이 되어 시를 쓰기 시작했다

매생이탕 불이설법(不二說法)

시 쓰는 안도현이 목포에 왔다
매생이탕집이라고 했다
맴생이*탕인 줄 알았다
맴생이 고기는 없었고
파래를 풀어 굴 몇 개 띄워놓은 탕만 있었다
한 입 꿀꺽 넘겼다
- 아앗! 세상의 뜨거운 맛을 알았다

노래하는 이지상이 목포에 왔다
매생이탕집이라고 했다
맴생이탕이 아니라는 걸 알았다
파래는 없었고
매생이를 풀어 굴 몇 개 띄워놓은 탕이 있었다
호호 불어 잘 식혀서 먹었다

지금도 둘을 생각하면 웃음이 나는데
아무래도 나에겐 둘이 아닌 것 같다
내 웃음 속에 둘 다 잘 살고 있으니

*맴생이:염소의 전라도 사투리

목포

첫 직장 목포에서 혼자
낙지를 배웠다

초장을 찍으면 초장 맛
와사비를 찍으면 와사비 맛
그래서 그냥 낙지만 씹으며
무슨 맛일까 생각했다

영원히 그 맛은 모르겠지만
낙지를 씹으면 그저 목포 맛이다

퇴근해서 집이 있던
동네 뒷개로 가던

쌍놈

술 취한 돼지 계엄 끝나고
순댓국집 종일 틀어놓은 티브이를 닷새 개괄하신
주인아주머니의 말씀

"쌍놈"

유언 아닌 유언

이젠 하고 싶은 것 다 해도 된다 애들 굶기지만 말고

쨱!

– 내 詩를 위해

아파트로 들어가려는데
화단 쪽에 새가 한 마리 떨어져 있다
가까이 가 보니
죽었다

베란다 유리창에 부딪혔을까

묻어줄까 하다가 내일로 미뤘는데
밤잠 설치고 늦게 나가보니
주검이 없어졌다
둘레둘레 살펴보니
깃털이 바람에 날린다
길고양이가 다녀간 모양인데
고요하다

누군가 우스갯소리로 한
'참새도 죽을 때는 쨱! 한다'는 말이 떠올랐고
어디선가 맑은 소리
쨱! 했다

2025

눈 오는 날

드드득 쓰윽 드드득
앞집 할아버지 눈 치우나 보다

집 앞 응달져
손주 학교 가는 길 만든다
여섯 시 전

얼마 후
와― 눈 왔다 하며
학교 가는 소리 들린다

할아버지

학교 앞을 달릴 때 30km는 너무 느리다고 생각했다
오늘은 너무 빠르다는 생각이 든다
10km로 제한하면 좋겠다

올해 손녀가 초등학교에 입학한다

지극한 사랑

들꽃 한 송이 피는 것이
벌 나비 불러오신다

나는 알 수 없는 융숭한 말로 이어진 지극한 사랑

들짐승도 뜸한 풀숲 엉겅퀴 한 송이 질 때면
어떤 나비는 알을 낳고

이어진다 조용하게
오래고 깊은 숲의 사랑

※생물학자 김종선 교수의 '벌, 나비, 꽃' 사진을 보고 쓴 시

밥그릇

약 1억 5천만 년 전 지구에 꽃이 피는 식물(현화식물)이 출현하였고
달달한 새로운 먹거리가 생기면서 곤충도 급격하게 증가한다 -김종선

이 글을 읽으며
다음 주에 손녀가 오면
요 앞 개망초 앞에 가서
이게 벌과 나비의 밥그릇이야
꽃밥과 꿀이 담긴
예쁜 소꿉놀이 밥그릇
이렇게 말할 생각만 하는데도
저절로 웃음이다

착한 웃음 펄펄 날아다닌다

연둣빛

새색시 적 아내 웃음이 번진
아기 살결 같은

아직 다 초록이지 않으면서
초록 셈하듯 손가락 꼽는
아이의 눈빛 같은

뭘까, 뭘까 하다가
팍! 생각이 핀
연두 꽃 같은

난 연두 잎이 좋다
어느 날 선운사 민박집에서 도솔제로 난 길 따라
연둣빛 번져 하늘길로 이어지는

심연(深淵)

친구가 20년 동안 아프다가 담배를
한 모금 빨더니
후– 뿜는다
깊고 푸르다

20년 동안이다

소나무

나이 먹을수록
소나무가 좋다

웬만한 산에는 다 있고
있어도 다른 나무들에 비해 눈에 잘 띄지도 않고
하필 바위틈 같은 곳에서
나이 먹어가는

있는 곳에 균형을 주는
그 강렬한 곡선의 몸가짐
편안하게
편하게
만들어

나이 먹어가는

안개

안개가 끼니
멀리까지 보이던 것들이 안 보이면서
안 보이던 것이 보인다

송산슈퍼 간판, 순정축협 건물, 1층할매 텃밭 등
코앞의 그것들이 나를 붙잡아주는
감각의 닻이었다

거기로부터 내 집까지 재고
거기로부터 네 집까지 재고
심지어는 미래까지 가늠했던 것

다 아는 길이라고 생각할 땐 빠져 있던 그것들만
안개 속에서 날 보고 있다
익숙하면서 낯선 표정으로

여기서부터 다시 시작이다

1994

1994년 계간 『시와 사회』 겨울호에 응모했으나 겨울호는 결호가 되고, 그 사이에 제호가 바뀌어 1995년 『시인과 사회』 봄호에 실렸다.

신인상
심사위원 문병란 임헌영

오살댁 일기 1

오산리에서 시집와
오살댁이라 불리는
민수네 엄니가 오늘은 입 다물었다
서울서 은행 다니는
아들 자랑에 해 가는 줄 모르고
콩밭 매며 한 이야기 피사리할 때 또 하고
어쩌다 일 없는 날에도
또 그 자랑하고 싶어 옆집 뒷집 기웃거리던
오살댁 오늘은 웃지 않는다
아들네 집에 살러 간다고
벙그러진 입만 동동 떠가더니
한 달 만에 밤차 타고 살며시 내려와
정지에 솥단지 다시 걸고 거미줄 걷어내고
마당에 눈치 없이 자란 잡초들 뽑아내는데
오늘따라 해는 오사게 길고
오살댁
오늘은 입 다물었다

오살댁 일기 2

뒤울안 흙담 밑에 봉숭아꽃
오지게 피었습니다
오살댁
꽃잎 하나 지면 서울 쪽 한번 쳐다보고
꽃잎 하나 떨어지면 막내딸 떠올리다가
끝물 몇 잎 따서 마른 손에 동여매고
오살양반 헛기침하며 돌아앉아도
오살댁
뒷짐지고 마실 나갑니다.
정갈한 햇살 장꽝에서 뒹구는 날
고샅길 휘이 돌아 정읍아재 만나면
봉숭아빛 얼굴로 인사도 하면서

오살댁 일기 3

닷새 동안 품앗이하다 몸살겨 누운
오살댁
공판장에서 허리 다쳐 들어온
오살양반에게 아랫목 내주고
몸빼 줏어 입으며 일어납니다
보일러 놓을 돈 보내준 것으로
올 한 해 효도를 끝냈던 터라
어김없이 전화통은 울리지 않고
민수 서울 가던 날
오살댁 인자 고생 다 혔구만
오살양반은 고생 끝났당께
동네 사람들 부러워서 던지던 말
귓가에서 쟁쟁거립니다
오살댁
서울 쪽 한번 흘끔 쳐다보더니
오살양반 들릴락말락하게
한마디 합니다
…… 오살헐 놈

오살댁 일기 4

사는 것이 어찌 한숨뿐이랴*
논고랑 돌아 밭고랑 돌아
벼포기 촉촉이 적시며
오사릴 오사릴 흘러가는
두월천처럼
오순도순 한세상 껴안고 흐르다 보면
찬바람만 몰래몰래
마당 가를 휩싸고 돌아도
텃밭의 호박 덩굴은 새순 내밀고
나락 모개 오지게 영글어가는 것을

*정희성 시 〈저문 강에 삽을 씻고〉 운을 빌려

오살댁 일기 5

민수네 집 뒤뜰 단감나무
감꽃 필 무렵부터
동네 아이들 다 모여
오살댁 심부름도 하고
민수 눈치 슬슬 살피던
우리 동네 단 하나뿐인
민수네 집 뒤뜰 단감나무
겨울비에 젖어 갑니다
아직 내 목젖에 남아
세상 온통 물들이는 단감 맛

발 문

삶이, 견딘다는 말의 엄숙한 초대이었음을 깨달으러
가는 이의 더듬거림에 대하여
－정윤천 (시인)

1

발문(跋文)이라는 명사가 있다. 시집이나 소설 등의 간행물
뒤에 붙이는 일종의 '박수' 비슷한 말을 가리키는 어원이다.
해설이라 부르는 것도 있는데 그건 좀 문중이 다른 영역이
다. 목차에 놓인 작품들을 고도의 감식안으로 일별하거나
오독(?)하는 행위의 일체 방법론이다. 약간 극단적인 발언
으로 비칠 수도 있으려나.

이는 평론가라고 부르는 일종의 전문 집단이 달려들어 치르
곤 하였는데, 그런 글들에 따르다 보면 골치가 아파질 때가
한두 번이 아니었다.
시집의 경우 거기에 놓인 시들의 편수보다 더 많은 서책의
이름들과 명문이며 명구들은 물론 철학적 사유이자 비유들

이 마치 채소전의 나물들처럼 난형난제하곤 하였는데, 정작 앙꼬 없는 붕어빵식의 말잔치들이 차고 넘치는 경우가 허다 하였다.

이럴 때면 시와 시인은 자취를 잃고 평론가와 평문만이 남 아 그 자리를 차지하곤 하였던가. 어쩔 땐 시를 살피는 방 해꾼 노릇들을 하였다.

각설하고, 현재 우리들이 생산하거나 소통하는 작금의 시들 대부분은 어딘지 본래의 견성(見性)들을 잃은 듯 보이는 혐 의가 시간이 지날수록 뚜렷해 보인다.

이는 위에서 거론한 평론가들의 발호(跋扈)와 그 위세가 끼 친 흠집이기도 했을 것이다.

상대적으로 시들은 쪼그라들었고, 주먹이 큰 평론가나 평론 앞에서 주눅이 든 시들은 그것들의 눈치를 살피는 참상에 이르지는 않았는지.

어쩌자고 학문적인 자세의 평론들이 자꾸만 시를 감정하고 계체하며 시의 동작들까지 일정한 방편으로 견인하는 추세 에 이르렀을까. 물론 반성도 없다.

이대로 가면 한국의 모든 시들은 지금처럼 어딘지 지적 사 유들에만 등을 기댄 '몸 없는' 문구들만 만지작거리는 노역 을 감당하다가 죽어 나가게 될지도 모를 일로 여겨지기까지 하였다.

한편에선 '로봇' 시들까지 침략해 들어오는 환란(患亂)의 상 태가 점쳐지는 분위기에 이르는 중이다.

그러나 시는 여전히 잘 쓰는 게 목적이 아니라, 잘 비춰주

어야만 하는 특유의 종목이 아니었을까. 길을 잃은 밤중에서 발견한 산속 오두막의 작은 불빛 같은 치명적인 마주침들을 찾아 나서는,

아, 이럴 때면 필자의 경우에는 도대체 어디서부터인지, 잘 그린 그림책 같은 시구 같은 게 떠올라 주었는데,
"애들아, 이제 불을 꺼야 할 시간이다"라고 하였던가. 안도현이 쓴 꽃게인가 꽃게장인가 하는 시에서 나오는 장면 같은 것 말이다. 꽃게 한 마리가 꽃게장이 되기 위하여 인간의 손길이었을 뜨거운 장에 잠길 때, 꽃게의 어미가 품에 품은 꽃게의 알들이나 새끼들을 향해 내오는 저토록 맹렬한 별사(別辭) 한 마디. 거기에 무슨 해설 같은 게 끼어들 여지가 남아 있으랴. 시는 다만 그렇게 그것만으로 시의 끝동을 마치면 되는 아름다운 방정식이 아니었던가.

사설이 너무 뚱뚱해지고 말았다. 너무 오랜 시간이 지난 뒤에서야 유종화 형의 시들을 가까스로 여기 와서 만난다. 그러니 이유 여하를 반납하고서 우선 반갑다. 그리고 대가리(?)만으로 지어낸 뻘소리들이 거세된, 한 사람의 유종화가 단 한 사람의 유종화로 살아낸 상처투성이의 몸뚱아리들이 현재해 있는, 그가 쓴 시 속에서는 시 밖에는 아무런 동작도 고개를 내밀려 들지 않는 맨사데기의 시편들이 고여 있어서 마음이 한참이나 더 고마워지기 시작하였다.
그러므로 이따위(?) 시들에 대한 소감 같은 것일랑 제목도 "발문"이기에 발로 써도 되겠다는 안심부터 찾아드는 게 아

닌가.

귀뚜라미 울음
딱 두 마디다
고요하다, 베란다의 육체는

문득 어느 무명의 재즈 기타리스트가 죽기 전
마지막 있는 힘을 다해 퉁겼다는
그 두 마디

재즈는 영가(靈歌)가 되고

고요, 숨쉰다
어느 날 나처럼

―「적막하다」

베란다의 육체에 기대어 시인은 십중팔구 입에 담배를 품었
을 것이다. 많이 물 때는 하루에 다섯 갑도 넘게 깨물었던
뜬구름파 인생이었다.
아는 사람은 이미 다 알고 있는 사실이지만, 그는 시인이
되기 전에 먼저 바닷가 마을(목포)의 골목 끝에 놓인 여학
교의 담벼락 안에서 국어 선생님을 지냈다. 거기에서 마쳤
으면 그의 인생도 한결 순탄했을지 모르는데, 기타를 만지
작거리고 시인이 되면서부터 일생의 사연이 길어지고 탈이
붙었다.

이후로는 지금까지도 '시노래'라고 불리는 영역에 발목을 밀어 넣은 노래패의 작곡자가 되었던 셈이다. 김준태 시인의 '감꽃', 정호승 선생의 '내가 사랑하는 사람' 등의 시들을 가사로 삼아 거기에 콩나물 다리들을 붙이기 시작하였던, 아, 이 나라의 민중사에 불려 나간 '시노래 운동'의 거시기한 인물이 하나 태어났던 셈이다. 이를테면 그 방면의 한 전설과도 같은 "나팔꽃" 멤버의 축이 되었다. 그는 가끔 예의 나팔꽃 무대에 올라 오리 멱따는 소리로 노래도 불렀다. 필자보다는 박자를 잘 맞추는 그의 노래를 심지어는 좋아하기까지 하는 무모한 여성 팬들까지 생겨났다.

다시 시로 돌아가자. 가을인가 보다. 귀뚜라미 울음소리는 두 마디가 맞다. 귀뚤귀뚤. 세 마디 한다고 귀뚤귀뚤귀뚤 하는 새끼가 있으면 아마도 나처럼 생겨먹은 귀뚜라미일 것이다. 그리하여 이 아프면서 늙어가는 음악인(?)은 자연스럽게도 자신의 존재일지도 모르는 "무명 기타리스트"를 이마에 떠올린다.

날씨가 추워지면 귀뚜라미는 떠날 것이다. 그에게서도 나에게서도, 이 세상의 "적막" 속으로 적막을 남겨 두고서.

　통증이 상반신을 돌아다니는 원인불명의 병을 일 년쯤 앓다가
　견디다가

아-, 이 정도로는 죽지 않는구나
깨달았다

통증도 한몸이다

                    -「한몸」

시의 내용 때문만이 아니라, 그는 꼭 죽지 않을 만큼 아픈
사람이다. 지금도 연속으로 아프는 중이다. 차를 몰고 가다
가 '공황'이 나타날지 몰라서 원행을 못 나서는 쓸쓸한 작
곡가 시인. 그를 만나려면 광주에서 백양사 휴게소를 거쳐
서 정읍까지 가야 한다. 이래저래 불편한 인간인데, 아직도
그가 보고파서 정읍까지 발길을 나서는 무속인(시인 예술사
따위들)들이 남아 있다. 어쩌면 미증유의 사람이다. 사람의
허리가 굽는 것은 어쩌면 마음대로 석양을 바라보는 일이
얼마나 빛나는 행위였던가를 깨우쳐 주려고 한 섭리의 장난
일 것도 같았다. 그러니 통증도 "한몸" 아니겠는가.

누가 나에게
넌 '우우'를 잘하는 놈이야, 라고 말한다

이 사람 저 사람을 연결하여 한 판 만드는 일을 잘한다는
말인데
잘 되면 좋고 안 되면 조금 심란한
어찌 생각하면 무책임하다는 말일 수도 있는

그 말

붉은 꽃무릇
무더기 무더기인

'우우'의 말뜻은 말야
함께 가는 거기부터가
선물 같은 생의 길이라는 거야

- 「우우」

그렇구나. 그와 내가 한때 미련하게 어울려서 한 시절의 다
사다난과 불우들을 건설하였거나 멸망시켰던, 선운사 아랫
동네의 다정민박 시절. 객지에서 만나 위아래를 정했던 봉
진 형네 도솔점방 앞자락의 꽃무릇들은 철이 되면 "우우"
피어났지. 대책도 없이 일말의 책임도 없이.
예민하다. 거기에서 데려왔구나. 처음엔 정체불명으로 여겨
지던 저 "우우"라는 말소리를, 맞다. 지금은 아니라고 하여
도 당신은 언제나 우리들을 향하여 "넌 우우를 잘하던 놈"
이었지. 사람의 다리를 잇던 마음씨 좋은 촌장마냥.

공황장애로 갑자기 숨이 안 쉬어질 때는
급히 방문 틈으로 코를 내밀고
또 급히 아, 나는 살았다 생각했는데

어느 순간부턴

손녀의 고 고 얼굴이
할아버진 나만 좋아해 하며 짱짱한 개망초꽃님으로 오시고
아, 나는 살아 있다

고통도 데리고 살 수 있는
얼굴이 오셨다
- 「얼굴」

어언 "손녀의 얼굴"이 시인을 살게 하는 절대적인 명제가
되었다. 고통이어도 살 수 있게 하는 새 얼굴이 오신 것이
다.
돌아보면 우리들도 모두 우리를 살게 하였던 그 무슨 얼굴
비슷한 존재가 가난뱅이 같은 우리들 곁을 함께 해주었었던
건 아니었을까. 어쩌면 필자에겐들 방황과 유랑의 모난 얼
굴 한쪽들이 각각으로 찾아와 내 마음의 허망한 밀밭 가를
건너오게 해주었으리라는 생각이 깊었다. 시인의 그 "얼굴"
이 내게도 마침 고마운 마음으로 다가오는 것 같았다.

당신 떠나고 이십 년 되었을 즈음

아빠, 이젠 우리 걱정 마시고
좋은 여자도 만나세요 했다

그날 하루 종일 새파란 하늘 그렁그렁했다 그렁그렁했다 그렁그
렁-

가까이
아득하게

- 「파랑」

물결의 이름이기도 색깔의 명칭이기도 했다. 이 시에선 무엇으로 가져다 붙여도 유효할 것이다. 종화 형의 형수가 그의 곁을 떠난 지 벌써 이십 년을 훌쩍 넘긴 걸 시를 읽으며 알았다. 화살이 세월 같았고 세월이 화살 같다는 생각이 기어든다. 그때 그 학삐리들이 자라서 하나는 직장을 나서는 사회인이 되었고 또 하나는 결혼을 하여 몸이 쇠한 할아비의 품에 손녀를 안겨 주었다. 그게 그에겐 얼굴이자 약수가 솟아나오는 새암이 되었던 것이다.
그리고 이 시의 무대는 "이십 년"의 비절참절(悲絕慘絕)을 넘긴 무렵의 지난날의 회상에서 발화되었다.

"아빠, 이젠 우리 걱정 마시고
 좋은 여자도 만나세요, 했다"

그렁그렁 물결이 인다. 아니면 그렁그렁 가슴에 청색의 물감이 든다. 가까이서 혹은 아득한 저쪽으로부터.

다섯 편의 시들을 우선 차례를 따라서 살펴보았다. 여기 있는 다섯 편의 시에는 그와 나 사이에 약간의 여담이 담겨 있었다.

하루는 그에게서 전화가 걸려 왔다. 삼십 년이라던가 그러고도 몇 년 만에 다시 시를 썼으니, 필자가 관계하는 잡지 등속에 신인 시로 재등단을 시켜 달라는 주문이었다. 당시에 나는 『시와 사람』이라는 문예지의 편집을 맡고 있었고, 또다시 어영부영하는 틈에 『시의 시간들』이라는 문화잡지 창간호를 떠맡아 준비를 하는 중이었는데, 처음엔 엉뚱하거나 어림도 없는 주문같이 들리기도 하였다. 도통 시를 쓰지 않아서 그렇지 등단 연도로만 따지면 중견을 넘어선 예비 원로 시인께서 신인 작품을 내겠다니, 일단은 코가 막히고 이마에서는 열불이 났다. 설왕설래 끝에 새 잡지에 정해져 있는 "신작 초대석"의 자리에 그의 시를 내보이기로 하였다. 첫 청탁자의 순서를 뒤로 미루는 실례를 무릅쓰고서, 보내온 다섯 편의 시를 왕창 그 자리에 들이부었다. 그리고 그것은 내가 지난해에 저지른 여러 가지 못된 일 중에 가장 장했던 일에 속했던 것도 같았다.
그렇게 찾아왔던 모처럼의 그의 시들은, 시인에게로 다시금 마중물이 되어서는 이 시집의 근간을 이루는 후속작들이 태어나는 소중한 역할을 하였다는 후문이다. 과작(寡作)인 그에게 다른 면의 "얼굴"일 수도 있는 시집이 따라왔던 것이다.

2

남아 있는 시들을 더러는 시처럼, 더러는 이 글의 제목으로 삼아 본 "삶이, 견딘다는 말의 엄숙한 초대이었음을 깨달으러 가는 이의 더듬거림에 대하여"의 인상에 대한 방식으로 건너기로 하면서, 시인의 서사들에게로 저마다 말을 붙여 볼 수작이다.

위에서 한 차례 거론했던 것처럼 잘 쓴 시들보다는 어째서인지 무엇 때문인지 통째로 통쾌해지거나 서러워지기도 하는 그런 시들 몇 편은 살아있어 필자의 발길질(?)에 힘을 돋우어 주었으면 싶었다.

아버지도 쇠아치
나도 쇠아치
내 아들도 쇠아치

그래도 나는 선생 노릇 하느라 조금 나아졌지만

하늘도 쇠아치
저 산도 쇠아치
나도 여전히 쇠아치

차암-
저 꽃도 말 없다

ㅡ「쇠아치」

*쇠아치 : 말수가 적은 사람. 김제 지역 방언

국어 선생 출신들이나 알고 있음직한 처음 대하는 낯선 말
이다. "쇠아치" 그 말에 문득 삼대가 깃들어 계신다.

당신의 춘부장을 뵌 적이 없고, 아들 태영이는 여러 번 겪
었는데, 쇠아치 중의 쇠아치는 맞다. 어느 날 "차암" 말 없
는 꽃 보다가 위로는 아버지 생각나고 아래로는 아들 생각
이 깃들었는가 보다.

필자도 울 아부지 옛사람답지 않은 장발 머리를 고집하셨고
나도 언제부턴가 긴 머리를 늘어뜨리고 지낸다. 그리하야
때로는 유전자라던가 그런 것들도 한 편의 시로 불려 왔다.

    어느 날 어머니가
    권태야 권태야 하고 불렀다
    낯설었다

    병명도 없이 앓고 있는 아들을 위해 받아온 이름 어머니는
    그 이름을 부르면 병이 나을 것이라고 확신했다 길이 없는 사
    람은 진위를 의심하지 않고 길을 믿는다 정말 깨끗한 믿음 권
    태야 권태야 아들이 싫어하는 기색을 알지만 어머니는 틈만
    나면 주문처럼 외우시기도 했다

    요즈음 가끔 권태야 권태야 하는 소리가 들리는데
    이명(耳鳴)이어도 좋다 어머니께 사랑받고 있나 보다 하며
    하늘을 본다
                                                    - 「사랑」

어머니도 차암, 어쩌면 그에게로 그리도 오묘하고도 깜찍하게 어울리는 제목을 붙여 주려 하셨을까. 김제 골째기 어느 암자 노스님에게로 쌀 닷 말은 이고 가 바치셨을 터인데, "오사릴 놈"은 제 평생의 종화만을 고집하고 말았던가 보았다. 권태도 없이, 다음에 그를 만나면 나라도 여지없이 권태 형 권태 형 하고 "쇠아치"도 없이 불러 보아야지.

"사랑"에 관계되는 시로는 더없이 속내 깊어 보이는 명작으로 읽힌다.

아파트로 들어가려는데
화단 쪽에 새가 한 마리 떨어져 있다
가까이 가 보니
죽었다

베란다 유리창에 부딪혔을까

묻어줄까 하다가 내일로 미뤘는데
밤잠 설치고 늦게 나가보니
주검이 없어졌다
둘레둘레 살펴보니
깃털이 바람에 날린다
길고양이가 다녀간 모양인데
고요하다

누군가 우스갯소리로 한

'참새도 죽을 때는 짹! 한다'는 말이 떠올랐고
어디선가 맑은소리
짹! 했다

　　　　　　　　　-「짹! -내 詩를 위해」

시제는 짹이고 부재는 내 시를 위해라고 붙였다. 여지없는
자신의 시론이자 한 시인이 처음으로 시집을 엮는 만단정회
(萬端情懷)의 심정을 그려 보였다.
교묘하고 겸손하기도 하였다. 그러니까 이번 시집은 빼도
박도 못하고 "짹!"이라고 한다. 유종화는 대개 그렇다.

　새지곡백화점약국에 가니 파김치 냄새가 난다 환갑 넘은 딸
이 노모가 드시고 싶어 한다는 김치를 담갔다고 했다 아나,
어릴 적 엄니가 내 입에 넣어주던 한 가닥
　나도 먹고 싶다

　아나

　아-

　　　　　　　　　-「아나」

"아나"는 그러니까 어른들이 아기씨을 향하여 입 벌리
라는 신호다. 그러면 서로 따라서 입들을 벌렸다. 입
술을 닫으면 입안에서는 대부분 목화꽃 같은 것들이
피어났다. 아-하고, 잠시 서 있고 싶어진다.

코앞이어도 못 간다

피란 온 어르신 돌아가시기 며칠 전 주먹밥 여섯 개를 부탁했다 오십 년 전 엄마가 싸 준 주먹밥 여섯 개, 그거 먹고 여기까지 왔어 여기까지 왔는데 철조망에 막혀 갈 수가 없다니, 바로 코앞인데도

옛 얘기인 줄 알았다
터널을 지날 때마다 지진 난 듯
아득해져서 약을 삼켜도 정신 줄 놓쳐
건널 수 없는 저쪽

이십 년 만에 코앞 건넜다
나, 서산 왔다

－「공황장애」

"서산"은 시인에게 누구이고 무엇일까. 이십 년이라면 강산이 두 번이나 변한 세월인데, 철조망도 없는데, 왜 아니 못 가보았을까. 일단은 궁금해서 좋다. 궁금해야 시도 되고 이야기도 되는 것 아니겠는가. 이것 또한 도대체 당신의 "더듬거림"의 슬픔이거나 쓸쓸함들이 아니겠는가.

봄이 오면 어디엔가 있을지도 모를 어느 "서산"에 필자인들 한번은 다녀와야지.

공연 끝나고 내 집으로 왔다
이불 내주니 그냥 잠들었다
아침, 나는 학교 출근하고 돌아오니 아직 자고 있다
다음날도 퇴근하고 오니 또 자고 있었다
나흘째 저녁 돌아오니
몸만 쏙 빠져 갔다

겨울잠이란 다 살아낸 끝과 약속되지 않은 시작이 붙어있는
정중동이려니 생각만 했는데
삼 일 드러누워 허리가 아파보니
겨울잠이란 죽음과 부활이다

공연 끝나고
죽을 수도 있었는데
부활한 것이다, 창우는
                                    -「백창우」

백창우 형도 무속인(자유인)이다. 고무신을 끌고 무대에 오
르고, 아이들을 위하여 주옥같은 동요를 쉼 없이 짓고, 기
타를 퉁기며 노래 부르고, 맑고 겸손하고 아름답고,
시인 덕분에 알게 된 그와 몇 번이나 어울려야 했던 일이
있었던 동안 내가 보았던 "창우"는 그런 사람으로 정해져
갔던 것 같았는데, 시인과는 한편으로 영혼의 쌍둥이 같은
점도 적지 않았다. 허기는 둘 다 "나팔꽃"들이었으니까.
친구네 이불에서 겨울잠을 퍼 자고 일어나서 다짜고짜 말도
없이 사라질 수 있는 이 고수들의 수준이 즐거웠다.

시와 노래와 사람과 유랑과 연민 그리고 천진무구의 순간들이며 그것들의 온통 같은 부활은 아니었을까.

당신들도 어디에 "종화"만 한 길동무와 "창우"만 한 마음벗 하나씩은 두었는지, 오늘쯤은 이빨 닦고 나온 목욕실 문 앞에서, 만약에 없더라도 기억날 때까지는 뚤레거려 보아야 할 것 같았다.

그래야 그 옆자리에 기어들어 가서 언젠가 배급될지 모를 외롭고 춥고 배고픈 날의 겨울잠에 쏟아져 들어갔다가, 혹시 그 친구는 담배라도 태우려고 베란다에라도 묻혀 있던 동안에, 불쑥 부활하여 북쪽 섬의 흰곰처럼 밤새 내린 백설마냥 하얗게 새로워져 볼 수 있을 것이 아니었겠는가.

창우도 종화도 사흘 잠자고 나서 부활했던 것처럼.

술 취한 돼지 계엄 끝나고
순댓국집 종일 틀어놓은 티브이를 닷새 개괄하신
주인아주머니의 말씀

"쌍놈"

　　　　　　　　　　　－「쌍놈」

서정춘 선생의 "봄, 파르티잔" 이후에 한국에서 발표된 사회 시로는 우뚝 선 경지와 같다. 어쩌면 나태주 선생의 "풀꽃"처럼 국민 애송시로 발돋움할지도 모르겠다. 어떤 뜻있

는 독지가의 성원에 힘입어 종화 형의 정읍에도 충청도의
풀꽃문학관 같은, 쌍놈문학관이라도 한 채 건립될 운명이
따 논 당상이었으면 좋으련만.

　　아버지 돌아가시고 시골집 팔아
　　김제 시내 아파트로 이사 가신
　　어머니 말씀
　　여기가 천국이다야 풀이 안 난다야
　　　　　　　　　　　　　　　　　　　－「천국」

이 시 또한 쌍놈문학관 벼람박에 액자에 담아 내걸어도 될
만한 수작 아닌가. "김제 시내 아파트로 이사 가셨을 때"
종화 형 엄마는 거기가 천국이라고 하셨단다. 전 미칠 광자
아무개랑 또 그 앞대가리 벗겨진 충청도 장 목사 나부랭이
(이름이 잘 생각 안 남)들이 수입해 들어와서 지들 마음대
로 팔아먹는 하나님을 알현해서가 아니라, 아, "풀"이 안
나서 펼쳐진 무풀천국이라니.
　그러고 보니 종화 형도 시를 참 잘 쓰는 사람 같다. 시인
맞네.

사실은 맨 마지막으로 "미스 고"라는 시를 언급하여 투박하
고 거친 졸고를 매듭지을까 하였는데. 행간에 "나훈아"란
인간의 덜떨어진 이름이 나와 그만 기분이 잡쳐서 관두기로
하였다.

그리고 이제 2부에 남아 있는 일련의 시들은 저 정처 없는 무속인 유종화를 시인으로 캐내어 준 등단작들, "오살댁 일기"가 자리 잡고 있었는데, 필자는 어쩐지 그 작품들 속으론 들어가지 말기로 하였다.

그만큼이나 오살댁 시리즈들은 이미 많은 평론가나 시인들이 짓밟고(?)들 갔을 만큼 문단의 어귀에서 거론이 되었던 작품들이었기 때문이다. 어디 교과서 한 귀퉁이에라도 실려 있을지도 모른다.

손녀의 얼굴과 함께 찾아온 시의 얼굴들이 또한 그의 죽지도 못하는 병고의 날들에 약수터가 되었으면 하는 마음이 간절하다.

끝동머리에 한 말씀 더 놓기로 하면, 당신이 국어 선생 출신이니만큼 원고 어디에 글러 먹은 오탈자나 문법 같은 게 있으면, 제대로 고쳐서 쓰실 것은 물론이고 길이가 넘 짧아 서운하면 더 잇대어 쓴 다음에 사용해도 암시랑토 않다는 말을 전하면서 난폭한 발짓의 발문을 그칠까 하오.

사랑하오. 형이 더 건강해졌으면 하는 마음을 함께하면서.

● 詩作 노트

어릴 적 우리 집 대문 옆에 두엄자리가 있었습니다. 닭 똥, 소똥, 돼지똥, 지푸라기 썩은 것, 개밥 남은 것 등을 내다 버린 곳이었지요. 한마디로 말하자면 다 쓰고 남은, 더 이상 사용할 수 없는 것들을 모아두는 곳이었는데 무더기 위에는 늘 김이 서려 있었습니다. 그 못난 것들이 모여서 함께 섞여 썩어가면서 화를 내는 것처럼 보였습니다.

주인에게 버림받은 분노의 표출이라고 생각했었지요. 그런데 그 김 서린 부근을 지나칠 때면 콧구멍에 확 끼쳐오는 냄새와 함께 어떤 훈기를 느낄 수 있었습니다. 열을 내고 있었던 게지요. 세상에서의 마지막 몸부림이었어요. 그냥 이렇게는 사라질 수 없다는 그 몸부림.

그들은 높이가 올라갈수록, 잡것들이 더 많이 어우러질수록 진한 열기를 만들어냈습니다. 사람들은 그 진한 열기 속에 비닐로 싼 홍어를 밀어 넣기도 했어요. 삭히는 거죠. 그렇게 삭혀진 홍어는 집안에 큰일이 있을 때 귀한 음식으로 쓰였습니다.

버려짐 속에서, 그 끓던 분노조차 녹여버리는 발효였습

니다. 그들은 또 한 번 자신들의 살아있음을 증명해 주었어요. 그렇게 속이 다 타들어 간 뒤에는 호박밭으로, 배추밭으로, 혹은 뒤뜰에 있는 감나무 아래로 이사 갔어요. 거기서 호박 모종과 어우러져 실한 호박덩이가 되기도 하고, 김치가 되어 식탁에 오르기도 하고, 또 감나무 뿌리에 스며들어 알 굵은 홍시가 되어서 다시 우리 곁으로 돌아왔습니다.

세월이 지나면서 자연스레 기억 속에서 사라져 갔던 것들. 바쁜 생활 속에서 큰 것만 좇다가 자칫 흘리고 가버린 것들. 이런 것들을 두엄자리처럼 한곳에 모아 썩히려고 합니다. 그게 삶이고 시니까요.

● 표사(表辭) 1

유종화 형하고 나는 절친이다. 작당 40년이 넘었다. 그이는 일찍이 시인이었으나 시집을 낸 적이 없어 시인이 아니었고, 선생이었으나 일찍이 사표를 던져 선생이 아니었고, 작곡가였으나 히트곡이 없어 작곡가가 아니었고, 술꾼이었으나 병을 얻어 술꾼이 아니었고, 아들 귀한 집 외동이었으나 주머니를 자주 열어 재산을 모으지 못했다. 실패가 재산인 사람, 혹은 "깨끗한 어둠" 같은 사람. 그이가 평생 처음 내는 이 시집의 시들을 읽다가 보면 "가까이/ 아득하게" 아프다. 자신을 과하게 드러내지 않으면서 있는 그대로를 받아들이려고 하는 여여(如如)함 때문이다. 이쪽과 저쪽의 경계와 구별이 불필요하다는 통찰을 제시하는 「당신」, 들판이라는 공간을 지금이라는 시간으로 전환해 시적인 여백을 만드는 「구절초」, 눈을 번쩍 뜨게 하는 개안의 순간을 노래하는 「서설(瑞雪)」, 사소한 기쁨을 존재론적인 발견으로 상승시키는 「천국」이 나는 좋다. 이렇게 말과 마음이 텅텅 비어 있는 시들을 근래 만나보지 못했던 터라 더욱 귀하게 여겨지기도 한다. 그러니 이제 "기어이 가득하지 못했을까"라는 자탄은 하지 않아도 될 듯하다. "통증도 한몸이다"라는 깨달음을 얻었으니 아파서 답답한 통(痛)은 곧 사통팔달 통하는 통(通)이 될 것이다.

    – **안도현** (시인)

● 표사(表辭) 2

뒤돌아보니 형이랑 함께 보낸 세월이 까마득합니다. 30년, 반평생을 같이 했습니다.

제 노래의 가사가 막히거나 알쏭달쏭할 때 짬짬이 멋진 도움 준 거 고맙고 잊지 않을 겁니다.

형이나 나나 음악을 배우진 않았지만, 몸과 마음이 동하여 글을 쓰고 노래를 만들고 있으니 참 행복한 일입니다. 그렇지요?

종화 형의 시집을 대하니 반갑고 축하드리고, 또 부럽습니다.

아참, 여러분께 살짝!

제가 아는 종화 형은 다른 이들에겐 어떤지 모르겠지만 제게는 더 이상 '쇠아치'는 아니더군요.

　-**안치환** (가수)

*표지에 있는 벗들의 덕담입니다. 여기에 한 번 더 옮겨 적습니다.

유종화 1958년 생

김제에서 나고 자랐다. 이리에서 배우고, 목포에서 가르쳤다.
1994년 『민족극과 예술운동』 봄호에 평론 「노랫말 속에서의 '시인의 몫' 찾기」를 발표하고, 1995년 『시인과 사회』 봄호에 시 「오살댁 일기」 연작으로 신인상을 받았다.
1994년 시노래 창작곡 음반 『노래로 듣는 시』를, 1996년 시노래 평설집 『시마을로 가는 징검다리』를 냈다.
1998년 광주에서 한보리 오영묵 등과 〈시하나 노래하나〉를, 1999년 서울에서 백창우 안도현 등과 〈시노래모임 나팔꽃〉을 결성하여 '시노래'라는 장르를 개척하고, 시노래운동을 시작하였다
2024년 계간 『시의 시간들』 창간호(겨울호)에 시 「파랑」 외 4편을 발표하면서 다시 작품활동을 시작했다. 정읍에서 살고 있다.

그만큼 여기
2025년 3월 25일 초판 1쇄 발행

지은이   유 종 화
펴낸이   이 춘 호

디자인   이 지 현
마케팅   장 기 봉

펴낸곳   **새로운눈** ^^

등 록   2002. 2. 22. 제2-4295호
주 소   서울시 중구 퇴계로32길 34-5(예장동)
전 화   (02) 2272 - 6603
팩 스   (02) 2272 - 6604
이메일   dangre@dangre.co.kr

ⓒ 유종화. 2025

ISBN 9788993779059 03810

새로운눈에서 낸 유종화의 책

시마을로 가는 징검다리
−나를 바꾸는 시 읽기

시 창작 강의 노트
−나를 바꾸는 시 쓰기